MARIA JULIA MALTESE

MANDELA
Nelson Mandela

1ª edição – Campinas, 2019

"Meu ideal é o de uma sociedade livre e democrática em que todas as pessoas vivam em harmonia com iguais oportunidades."
(Nelson Mandela)

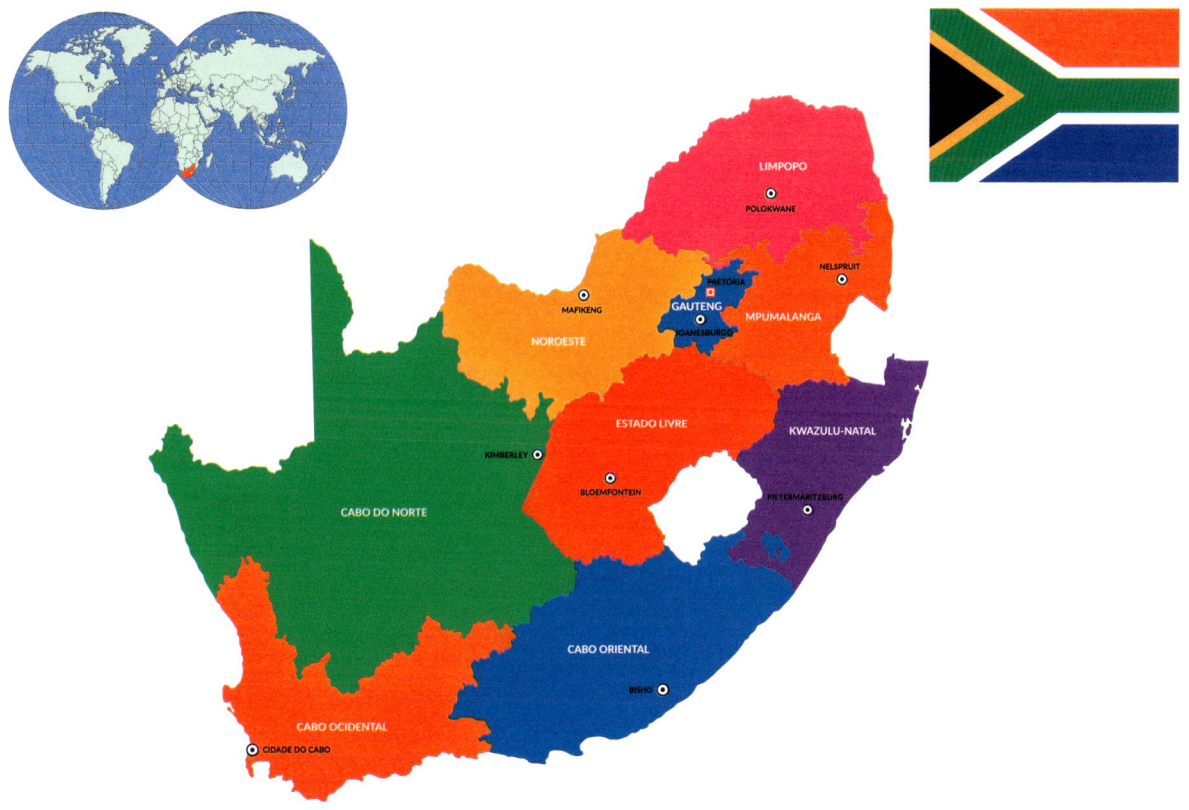

A República da Africa do Sul é um país que fica na extremidade sul do continente africano. Lá, onde o oceano Índico e o oceano Atlântico se encontram, moram cerca de 55 milhões de pessoas, na sua maioria negros. Com o território dividido em 9 províncias, o país tem três capitais: Pretória é a executiva, Cidade do Cabo, a legislativa, e Bloemfontein, a judiciária.

A moeda da África do sul é o *rand,* que vale algo como 0,27 centavos de real. Os idiomas oficiais são 11. As duas línguas mais faladas são o zulu e o *xhosa.* A terceira é o africâner que, derivada do holandês, foi muito utilizada pelos descendentes dos antigos colonos europeus. Já turistas e viajantes a negócio podem falar inglês tranquilamente.

Uma potência econômica, a África do Sul é um dos principais produtores mundiais de ouro, platina e diamante. Mas suas riquezas não param por aí. Com uma paisagem de tirar o fôlego, a região abriga em suas savanas douradas milhares de espécies de animais e plantas só vistos por ali.

Foi lá que, há pouco mais de 100 anos, em 18 de julho de 1918, na pequena aldeia de Mvezo, nasceu Nelson Mandela. Um homem que dedicou sua vida à luta pelos direitos humanos. Ele acreditava que "a educação é a arma mais poderosa para mudar o mundo".

Seu pai, um chefe Thembu, o chamou de Rolihlahla, que na língua *xhosa* significa "arrancando o galho de uma árvore" ou "encrenqueiro". E, mesmo não sabendo ler e escrever, quis que seu filho frequentasse a escola. Ele morreu, quando Mandela tinha apenas 9 anos, e deixou o menino sob os cuidados do chefe de Mqhekezweni, regente do povo Thembu, que o criou como seu próprio filho. Com seu povo, Rolihlahla Mandela aprendeu a importância das leis, da educação e da disciplina.

Na escola, começou a ser chamado de Nelson Mandela. Nessa época, era comum que as crianças africanas recebessem nomes ingleses. Isso porque os nomes africanos eram considerados difíceis de pronunciar e inferiores. Mandela foi preparado de acordo com a tradição para aconselhar os governantes da tribo e educado para fazer parte da elite africana. Frequentou respeitáveis escolas e a única universidade africana para negros.

Em busca de novos horizontes, o rapaz se recusou a aceitar um casamento arranjado pelo regente da tribo e decidiu fugir. Em Joanesburgo, começou a trabalhar como vigia numa mina de ouro, mas foi dispensado quando o gerente soube que ele não tinha a aprovação do regente.

Com o curso de direito e a recomendação de Walter Sisulu, que mais tarde se revelaria seu fiel amigo e uma das maiores influências na política do país, Mandela conseguiu estágio em uma das principais firmas de advocacia da cidade. Uma rara oportunidade para negros naquela época.

Os colegas de trabalho plantaram em Nelson a semente da política e o engajamento na luta pela liberdade. Logo ele começaria a frequentar as reuniões do Congresso Nacional Africano (CNA), partido criado para defender mudanças que garantiriam os direitos dos negros à cidadania na África do Sul.

No século XVII os holandeses da Companhia das Índias chegaram à região, instituindo a escravidão e o tráfico de pessoas para a Europa. Os descendentes dos primeiros colonos eram chamados africâneres.

Mas foi no século XIX que a dominação e exploração do território foi intensificada pelos ingleses. Os britânicos possuíam superioridade militar e, com isso, mantinham o controle da colônia africana. Durante anos, comandaram a extração de ouro, diamante e outras riquezas do subsolo.

Entre outras desigualdades, os "não brancos" não tinham direito ao voto e, mesmo sendo maioria, deviam habitar menos de um décimo das terras e só podiam viver nas cidades como empregados.

Eram anos de opressão racial e de poucas oportunidades para os homens negros. Um sistema de leis e regulamentos, conhecido como *apartheid*, foi criado para mantê-los numa posição inferior em relação à minoria branca e potencializar as ofensas praticadas diariamente contra eles.

Uma criança negra, caso tivesse a sorte de ir à escola, frequentaria uma instituição só para negros, seria atendida em hospitais só para negros e moraria em uma área reservada apenas para negros. Além disso, era comum que trens, bancos públicos e até calçadas fossem diferentes. O casamento entre brancos e negros era proibido e negros eram presos pela polícia a qualquer hora do dia por não apresentarem um passe com suas informações pessoais, de trabalho e autorização para se locomoverem na cidade.

Preocupados em renovar os ânimos e as ações do CNA, Nelson e seus amigos, entre eles Oliver Tambo e Walter Sisulu, fundaram a Liga da Juventude. Eles defendiam o nacionalismo africano e a implantação de um novo regime democrático, multirracial.

Com o apoio do partido, o grupo iniciou uma campanha de ações para mobilizar o apoio das massas. Eram greves, boicotes, comícios de protesto e outras formas de desobediência civil e resistência pacífica.

Na casa de Sisulu, Madiba, como Nelson era chamado em homenagem ao seu clã, conheceu a enfermeira Evelyn Mase. Eles se casaram, viveram juntos por 14 anos e tiveram quatro filhos: Thembi, Makgatho, Makaziwe, que viveu apenas 9 meses, e Makaziwe, filha caçula que recebeu carinhosamente o nome da irmã falecida.

Em 1950 o governo criou a Lei de Repressão ao Comunismo, que tornava ilegal qualquer manifestação contra o Estado e toda organização ou indivíduo que se opusesse às suas políticas. Durante a campanha do CNA, milhares de pessoas, entre elas médicos, advogados, professores e estudantes foram presos por violar voluntariamente leis que eram injustas.

Mandela estava comprometido com as causas da população negra e já havia ganho experiência como advogado. Assim, em 1952, ele e Oliver Tambo abriram a primeiro escritório de advogados negros da África do Sul. Todos os dias recebiam uma multidão de pessoas negras em busca de ajuda. E, mesmo sendo advogados competentes e reconhecidos, esbarravam com o preconceito no tribunal.

Anos mais tarde, Nelson conheceria Winnie, sua segunda esposa e a primeira mulher negra assistente social a trabalhar no hospital da cidade. Corajosa e obstinada, Winnie logo começou a acompanhar Mandela em reuniões e discussões políticas. Os dois se casaram em Bizana, terra ancestral de Winnie, e tiveram duas filhas: Zenani e Zindzi.

Madiba era conhecido por ser opositor do sistema do *apartheid*. Um guerreiro pela liberdade. Fechou seu escritório e se distanciou da família para viajar secretamente pelo país, formando alianças valiosas e planejando boicotes e greves.

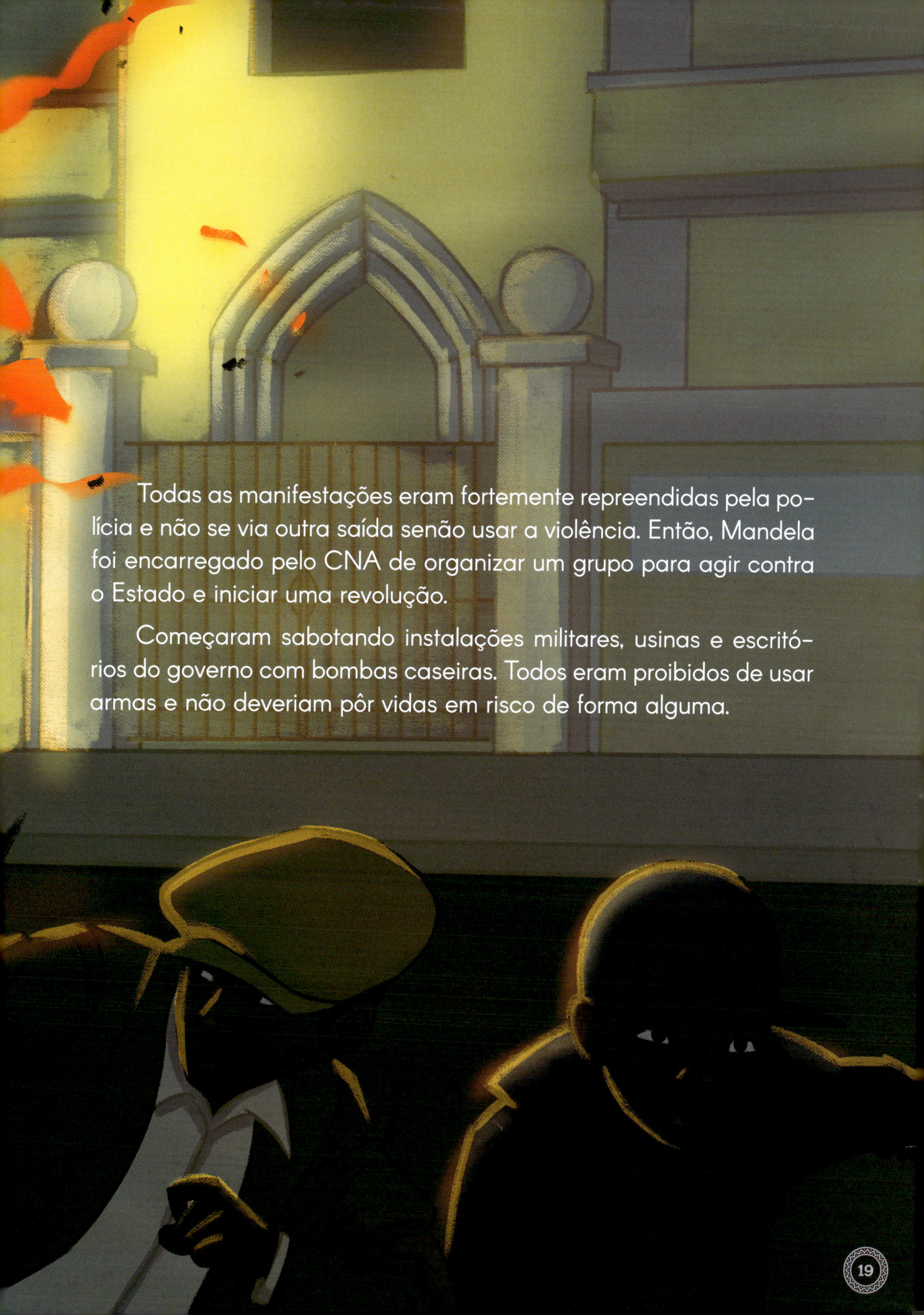

Todas as manifestações eram fortemente repreendidas pela polícia e não se via outra saída senão usar a violência. Então, Mandela foi encarregado pelo CNA de organizar um grupo para agir contra o Estado e iniciar uma revolução.

Começaram sabotando instalações militares, usinas e escritórios do governo com bombas caseiras. Todos eram proibidos de usar armas e não deveriam pôr vidas em risco de forma alguma.

Mandela deixou o país em busca de apoio militar, mas ao voltar foi preso e condenado à prisão perpétua. Ele e outros membros do partido foram presos na Ilha de Robben, submetidos a humilhações e isolados do mundo.

Impossibilitado de ajudar sua família, Madiba passou por momentos dolorosos, como a perda da mãe, a morte do filho Thembi e as inúmeras prisões de sua mulher Winnie. Ele lutou diariamente para preservar sua dignidade enquanto quebrava pedras no pátio ou era obrigado a usar calças curtas como símbolo de inferioridade. Mas Mandela transformou a prisão em um lugar de aprendizagem. Fez desses anos terríveis a oportunidade para aprender o africâner e estudar a história de seus opressores.

Os movimentos radicais e as rebeliões tomavam as ruas. A imposição do africâner nas escolas trouxe centenas de crianças armadas com paus e pedras para um enfrentamento com o exército. Muitas delas ficaram feridas. Em resposta ao governo, jovens militantes causavam ainda mais tumulto e violência.

Durante a prisão de Mandela, Winnie continuou sua busca por igualdade, justiça e liberdade enfrentando banimentos, confinamento e até prisão. Ela lutava com todas as suas forças liderando os jovens radicais e fazendo benfeitorias para a comunidade.

Em 1980, líderes do partido iniciaram uma campanha com repercussão internacional exigindo a libertação de Mandela e dos outros presos políticos. Pessoas em todo o mundo se aliaram ao movimento "Anti-Apartheid".

Apenas em 1982, eles foram transferidos para uma prisão próxima à Cidade do Cabo, onde podiam receber a visita dos familiares com mais frequência.

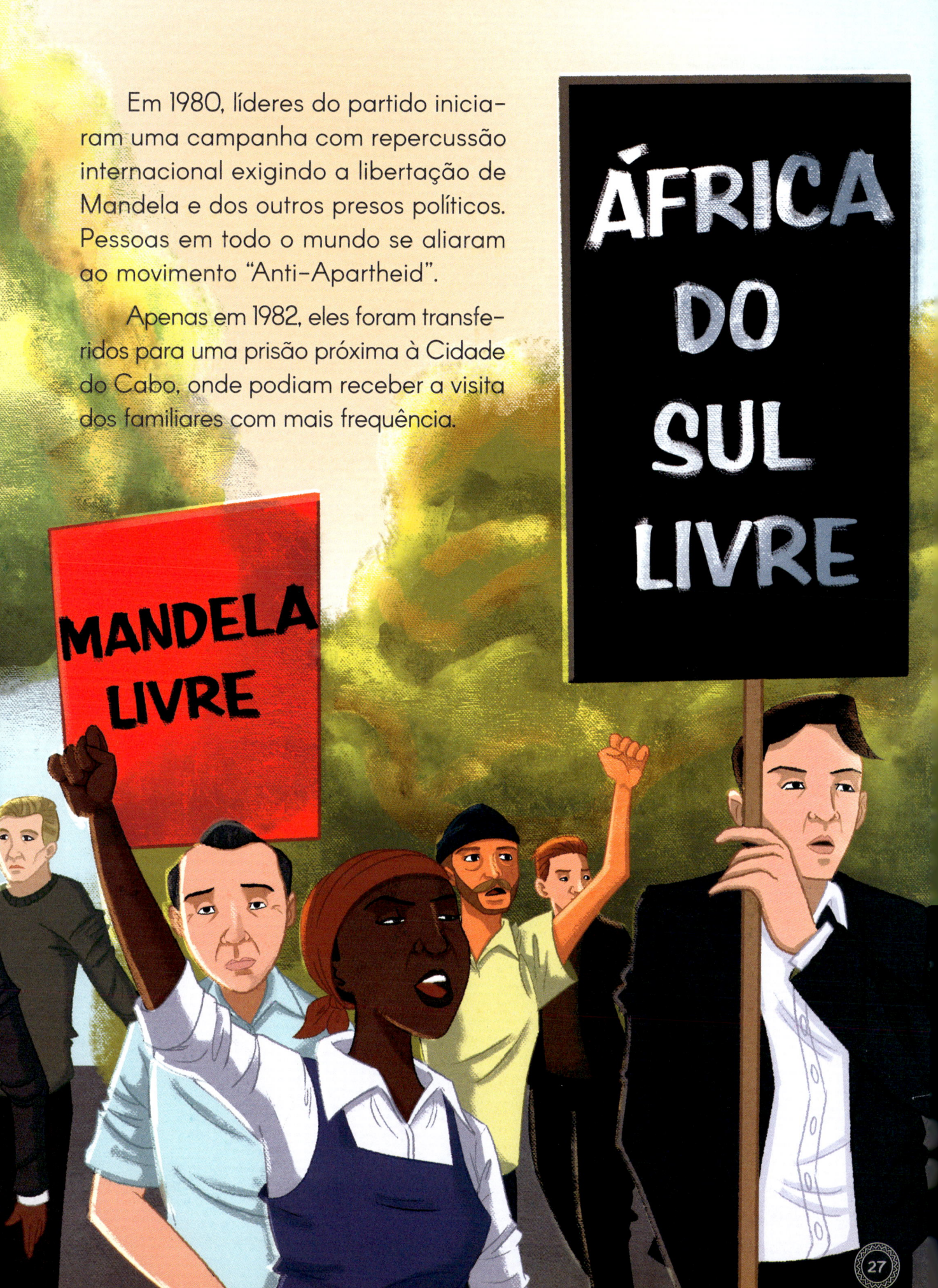

Enquanto isso, a violência se alastrava e o país caminhava para uma guerra civil. Ainda preso, Mandela negociou incansavelmente com os líderes do governo em busca de uma solução que evitasse o caos.

Em 1989, Frederik Willem de Klerk assumiu a presidência da África do Sul e anunciou a libertação de todos os políticos que estavam presos por fazerem parte de organizações de oposição ao regime.

Assim, aos 71 anos, depois de 27 anos, Nelson Mandela foi libertado, prometendo eleições democráticas e uma África livre do *apartheid*.

Com o fim de seu casamento e a oposição da extrema direita, Madiba teve muitos desafios. Com voz tranquila, mas firme, as palavras desse líder extraordinário procuravam acalmar a população e desincentivar a luta armada. Ele se recusou a reagir com violência e, por essa postura, ganhou aliados e era reconhecido pelo mundo.

Alguns meses antes das eleições, Mandela e F. W. de Klerk receberam juntos o Prêmio Nobel da Paz por fazerem terminar o regime de *apartheid*, permitindo à maioria negra direitos civis iguais aos dos brancos, asiáticos ou membros de qualquer outra etnia.

Em 31 de maio de 1961 a África do Sul havia se tornado uma república independente, rompendo seus laços com a Coroa Britânica. No entanto, somente em 1994, o país teve sua primeira eleição democrática livre e justa. As pessoas estavam assustadas, mas ansiosas por manifestarem seu direito ao voto. Era 27 de abril quando brancos e negros enfrentaram filas enormes para votar.

Nelson Mandela venceu as eleições para presidência com mais de 60% dos votos. Chefes de estado de todo o mundo visitaram a África do Sul para homenageá-lo.

Em seu governo, Mandela queria reconciliar a nação e, para isso, criou a Comissão da Verdade e da Reconciliação, presidida pelo arcebispo Desmond Tutut. Mandela defendia que os problemas só podiam ser resolvidos pelo diálogo. Além disso, deixou para o país uma das constituições mais democráticas do mundo.

Aos 80 anos, Madiba casou-se com Graça Macchel e com enorme popularidade abandonou voluntariamente o poder a fim de preservar a democracia e abrir espaço para uma nova geração de líderes.

Nelson Mandela morreu em 5 de dezembro de 2013, aos 95 anos, em sua residência, cercado por seus familiares. A sua última aparição pública havia ocorrido na Copa do Mundo de 2010, realizada na África do Sul, evento que mostrou a todos o legado de um líder histórico: um país de economia emergente, com uma cultura encantadora e grande potencial turístico que superou absolutamente os tempos do *apartheid*.

Querido leitor,

A editora MOSTARDA é a concretização de um sonho. Fazemos parte da segunda geração de uma família dedicada aos livros. A escolha do nome da editora tem origem no que a semente da mostarda representa: é a menor semente da cadeia dos grãos, mas se transforma na maior de todas as hortaliças. Assim, nossa meta é fazer da editora uma grande e importante difusora do livro, e que nessa trajetória possamos mudar a vida das pessoas. Esse é o nosso ideal.

As primeiras obras da editora MOSTARDA chegam com a coleção BLACK POWER, nome do movimento pelos direitos dos negros ocorrido nos EUA nas décadas de 1960 e 1970, luta que, infelizmente, ainda é necessária nos dias de hoje em diversos países.

Sempre nos sensibilizamos com essa discussão, mas o ponto de partida para a criação da coleção ocorreu quando soubemos que dois de nossos colaboradores, Renan e Thiago, já haviam sido vítimas de racismo. Sempre os incentivamos a se dedicar ao máximo para superar os obstáculos e os desafios de uma sociedade injusta e preconceituosa. Hoje, Thiago é professor de Educação Física, e Renan, que está se tornando um poliglota, continua no grupo, destacando-se como um dos melhores funcionários.

Acreditando no poder dos livros como força transformadora, a coleção BLACK POWER apresenta biografias de personalidades negras que são exemplos para as novas gerações. As histórias mostram que esses grandes intelectuais fizeram e fazem a diferença.

Os autores da coleção, todos ligados às áreas da educação e das letras, pesquisaram os fatos históricos para criar textos inspiradores e de leitura prazerosa. Seguindo o ideal da editora, acreditam que o conhecimento é capaz de desconstruir preconceitos e abrir as portas do pensamento rumo a uma sociedade mais justa.

Pedro Mezette
CEO Founder
Editora Mostarda

EDITORA MOSTARDA
www.editoramostarda.com.br
Instagram: @editoramostarda

© A&A Studio de Criação, 2019

Direção:	Fabiana Therense
	Pedro Mezette
Coordenação:	Andressa Maltese
Texto:	Gabriela Bauerfeldt
	Maria Julia Maltese
	Orlando Nilha
Revisão:	Marcelo Montoza
	Nilce Bechara
Ilustração:	Leonardo Malavazzi
	Lucas Coutinho
	Kako Rodrigues

Nota: Os profissionais que trabalharam neste livro pesquisaram e compararam diversas fontes numa tentativa de retratar os fatos como eles aconteceram na vida real. Ainda assim, trata-se de uma versão adaptada para o público infantojuvenil que se atém aos eventos e personagens principais.

Dados Internacionais de Catalogação na Publicação (CIP)
(Câmara Brasileira do Livro, SP, Brasil)

```
Maltese, Maria Julia
   Mandela : Nelson Mandela / Maria Julia Maltese ;
[ilustrações Leonardo Malavazzi]. -- 1. ed. --
Campinas : Editora Mostarda, 2019. -- (Coleção black
power)

   ISBN 978-65-80942-04-6

   1. Ativistas pelos direitos humanos - África
do Sul - Biografia - Literatura infantojuvenil
2. Mandela, Nelson, 1918-2013 - Literatura
infantojuvenil 3. Movimentos antiapartheid - África
do Sul - Literatura infantojuvenil I. Malavazzi,
Leonardo. II. Título. III. Série.

19-29395                                    CDD-028.5
```

Índices para catálogo sistemático:

1. Nelson Mandela : Biografia : Literatura infantojuvenil   028.5
2. Nelson Mandela : Biografia : Literatura juvenil   028.5

Cibele Maria Dias - Bibliotecária - CRB-8/9427